KB118223

소년, 소녀를 만나다

소년, 소녀를 만나다

이영환 글·그림

문학동네

서로를 향해 팔을 길게 뻗으면
손바닥 한 뼘 정도가 모자란,
우리 사이의 거리는 그 정도였다.

"그 우산이 언제부터 신발장 안에 있었는지 너는 아니?"
"글쎄…?"
"누군가가 좋아지는 것도 그런 거 같아.
언제부터인지 알 수 없지."

근데 왜
알은척 안 했어?

뭐… 그렇게 친한
사이는 아니었으니까.
교복 입은 게
좀 낯설기도 하고.

쟤는 알은척
하고 싶은 눈치던데?

널 보는 눈동자가
흔들리더라고

진짜?

재는 왜 나를 모르는 척할까?

…근데 나는 또 왜 모르는 척하는 거지?

친구를 마주치기 좋은 언덕

그날 나는 학원 앞 언덕길을 오르다 낯익은 얼굴과 마주쳤다. 국민학교 동창 여자애였다(우리 때는 초등학교가 아니라 국민학교였다). 중학교 교복을 입은 그애는 국민학교 때와 사뭇 다른 모습이었다. 길었던 머리는 똑단발이 되어 있었고, 타이트한 티셔츠와 뒤가 해진 청바지 대신 품이 낙낙한 교복 재킷과 치마를 입고 있었다. 머리가 길었을 때는 신발주머니 따위는 손에 들고 다니지도 않더니, 똑단발이 되어서는 신발주머니에다가 도시락 가방까지 챙겨서 들고 있었다. 그런데 신발은 또 구두라니, 맙소사.

그애의 모습은 어딘가 부자연스러웠다. 옷차림뿐만 아니라 어째 걸음걸이도 전과는 달라 보였다. 거리가 가까워질수록 나는 그애가 맞는지 조금 헷갈리기도 해서 더 뚫어져라 쳐다보았다. 그러다 눈이 마주쳤다. 그애가 맞았다. 분명 "어"라고 말하려던 것 같은데 그애의 입에선 어떤 말도 나오지 않았다. 나는 머뭇거리다 그냥 지나쳤다. 나처럼 머뭇거렸는지는 모르겠지만 그애 역시 말없이 내 옆을 지나갔다. 언덕은 완만해서 빨리 오르기에도 빨리 내려가기에도 좋았다.

나는 낯선 기분을 느꼈다. 그애의 모습보다 그애와의 마주침이 낯설었다. 적어도 우린 인사도 없이 지나칠 정도의 사이는 아니었다. 국민학교 때 두 번이나 같은 반이었고, 잠깐이지만 짝꿍이던 때도 있었다. 반이 같았던 두 번 중 한 번은 6학년 때여서 시간이 그리 많이 지난 것도 아니었다. 우리는 둘 다 교실 맨 뒷줄에 앉았기에 자리도 가까웠다. 언덕길에서 서로를 스쳐지나갔을 때의 거리가 그 정도쯤 됐을까. 서로를 향해 팔을 뻗으면 손바닥 한 뼘 정도가 모자란, 우리 사이의 거리는 늘 그 정도였다.

나는 국민학교를 졸업하고 그애를 떠올린 적은 한 번도 없었다. 같은 학교에 다닐 때도 부러 떠올린 적은 없었다. 그애는 내 스타일이 아니었다. 내가 그애 생각을 했던 유일한 때는 그애가 나를 놀리고 장난을 걸어온 날뿐이었다. 그애의 놀림과 장난은 유쾌와 불쾌 사이를 오락가락해서 나는 학교를 마치고 집으로 돌아와서도 분을 못 이긴 적이 몇 번 있었다. 특히 그애가 난데없이 내 배에 손을 갖다대고는 "생각보단 배가 덜 나왔네"라며 놀린 날은 너무 억울하고 분해서 난생처음 살을 빼야겠다는 다짐까지 했다. 나에겐 그애의 입에서 나온 말보다 내 배에 손을 갖다댔다는 사실이 더 유의미했다. 내가 6학년 때 잠시 쿵후 도장에 다닌 이유는 순전히 그날의 일 때문이었다. 도장에 다니는 3개월 동안 살이 제법 빠졌으니 나는 되레 그애에게 감사해야 할까. 결과적으로 그게 맞는 것 같기도 하다.

언덕길에서의 재회 이후 한동안 그애 생각이 났다. 부러 의식하지 않아도 그애의 잔상과 기억이 난데없이 튀어나왔다가 슬쩍 사라지곤 했다. 특히 그 완만한 언덕을 오를 때 그랬다. 그 언덕길에서, 그애는 때론 교복을 입은 모습으로 때론 사복을 입은 모습으로 겹쳐지며 내 앞에 나타났다. 그때마다 난 그애를 다시 마주치면 어떻게 할지를 상상했다. 또 모르는 체할까, 손만 들어서 인사할까, 메롱을 한번 해볼까, 이럴까, 저럴까. 나는 그애와 더는 마주치는 일이 없었으면 싶었다. 그러면서도 늘 또 한번의 만남을 상상하곤 했다.

교복을 입은 국민학교 동창들을 길에서 마주치는 순간마다 나는 늘 낯설고 낯간지러웠다. 내 눈에 비친 그 친구들의 모습이 낯설었고, 그 친구들의 눈에 비칠 내 모습이 낯간지러웠다. 그래서 그들 앞에서 난 늘 말이 없었다. 그들 역시 마찬가지였다. 나는 말없이 지나친 그들을 종종 떠올리곤 했다. 언젠가 그 언덕을 오르며 이런 생각을 했다. 어쩌면 이 완만함 때문에 내가 그애를 알아봤을지도 모른다고. 언덕이 조금만 더 가팔랐다면, 나는 아마 땅만 보고 걸었을 것이다. 완만한 언덕은 그래서 친구를 마주치기에 좋았다.

얼마 후 언덕길에서, 나는 그애와 다시 마주쳤다. 그때도 난 언덕을 오르고 있었고, 그애는 내려오고 있었다. 그애의 옷차림과 걸음걸이는 이전과 다를 것이 없었다. 우리 둘 사이의 거리가 팔을 뻗어 닿을 듯한 정도가 되었을 때, 나는 그애에게 인사를 건넸다. 그건 내가 한 번도 상상해본 적이 없는 인사법이었다. 그 모습이 어땠는지는 차마 부끄러워서 말하지 못하겠다.

개네 학교 교복은 저렇게 생겼구나…
교복 입은 개는 어떤 모습일까?

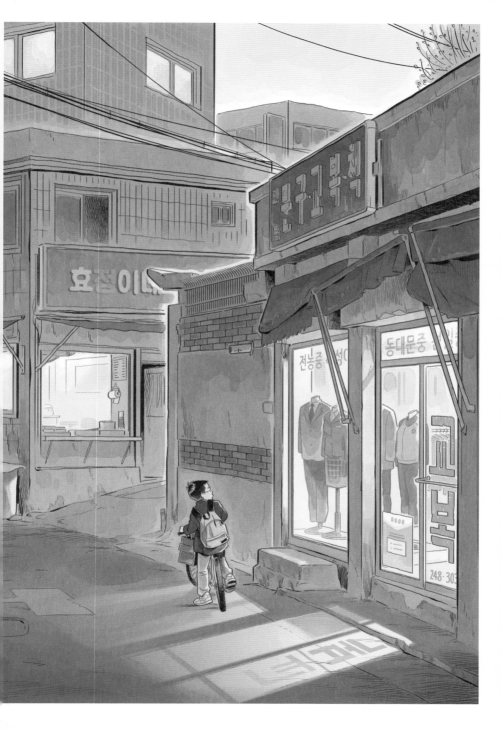

"자전거가 아무리 많아도 내 자전거는 한눈에 알아볼 수 있지.
난 운명의 상대도 마찬가지라고 생각해. 한눈에 딱 알아보지.
넌 어떻게 생각해?"

너의 목소리는

그애는 좀처럼 말이 없었다. 말수만 적은 것이 아니라 목소리도 작아서 친한 친구들과만 속삭이듯 대화했다. 나는 친한 친구가 아니었기에 그애의 목소리를 들어보지 못했다. 나는 들어본 적 없는 목소리의 주인공을 좋아했다.

그애의 어떤 면이 좋았는지 물어보면 그때의 나도 지금의 나도 제대로 된 답을 내놓지 못할 것이다. 그애는 눈길을 끌 법한 외모도 아니었고 인기를 살 만한 성격도 아니었다. 평온한 얼굴에서 가끔씩 번지는 눈웃음이 마음에 들더라… 정도의 답을 내놓을 수 있을까. 나는 목소리도 모르고, 좋아하는 이유도 모르는 채로 그애를 좋아했다.

나 역시 말없는 남자애였다. 친한 친구들과 함께일 땐 때때로 수다스럽기도 했으나 대체로는 무뚝뚝했다. 하물며 주변에 여자애들이 있는 상황이 되면 나는 입에 자물쇠를 채웠다. 남중, 남고를 다녔기 때문인가 싶었지만 꼭 그런 이유만은 아니었다. 국민학교에 다닐 때도 나는 여자애들과 말을 잘 섞지 못했다. 내 뒤통수 너머로 여자애들이 서 있는 상황이 나는 늘 불편했고, 길에서 내 옆을 스쳐지나간 여자애들이 시시덕거리며 웃기라도 하면 나는 그 웃음의 이유를 속으로 따져 묻기도 했다. 나는 여자애들이 불편했다. 여자애들과 친하게 지내는 남자애들이 신기하고 가끔은 부럽기도 했다. 나는 그 남자애들도 불편했다.

말없는 소년이 말없는 소녀를 좋아하는 모양이 내 친구는 좀 웃겼는지 언젠가 나에게 이렇게 물었다.
"걔랑 너랑 데이트하면 대화는 어떻게 해?"
생각해본 적 없는 문제였다. 대화라니, 목소리도 모르는 상대와의 대화를 어떻게 상상하란 말인가. 아마도 그애 또한 내 목소리를 모를 것이었다. 서로의 목소리를 모르는 두 소년 소녀가 대화하는 장면은 쉽게 그려지지 않았다. 나는 인중을 늘어뜨린 채 생각했다. 남녀가 데이트하는 데 대화가 꼭 중요한 걸까. 서로 느낌만 통하면 되는 것 아닌가? 아니, 그게 아닌가. 생각할수록 그것은 문제가 아닌 것 같기도 하고 문제가 맞는 것 같기도 해서 나는 좀 혼란스러웠다.
친구와 헤어져 집으로 돌아오는 내내 그애와의 데이트를 상상해보았다. 말도 걸어보지 못한 상대와의 데이트라… 나는 중간을 건너뛰어도 한참을 건너뛰어서 그애와의 데이트를 상상했다. 돈이 없으니 영화관이나 놀이동산에 갈 수는 없을 테고… 같이 걷는 것밖에는 떠올릴 수 있는 것이 없었다. 어째서 매번 빈 우유갑만 잔뜩 쌓여 있는지 궁금했던 자전거포를 지나고, 친구의 자전거 뒷자리에 타고 가다 발바닥이 땅에 채여 그대로 고꾸라졌던 자리를 지나고, 언젠가 친구들과 한껏 흥이 나서 고래고래 소리를 질러댔던 골목길을 지나서, 우리 동네로 가기 위해 매일 건널 수밖에 없는 중랑천 다리 위를 그애와 나란히 걸었다. 상상 속에서 난 그애에게 내가 매일 걷는 길 위에서 본 것들을 소개하며 주절주절 말이 많았다. 그 말들은 밖으로 새어나오기도 해서 나는 혼자서 중얼거리며 걸었다. 그러다가 몇 번쯤 피식 웃기도 했다.

우리 동네로 넘어가는 다리 위에서 바람은 늘 내 머리칼을 헝클어뜨리며 불었다. 나는 그 드센 바람이 싫어서 다리 위에서 종종 짜증을 내기도 했었는데 그날은 바람이 드세서 되레 좋았다. 바람은 다리 끝에서 사그라들었다. 나는 몸을 돌려 다리 건너편을 바라보았다. 다리 건너편 너머에는 기다란 언덕길이 있었고 그 언덕길 끝자락 어딘가에는 그애의 집이 있었다. 나는 다시 다리 건너편을 향해 걸었다. 다리 중간쯤에 다다르자 바람이 다시 내 머리칼을 헝클어뜨렸다. 바람은 다른 소리를 지워내며 불고 있었다. 그 느낌이 싫지 않아서 나는 다리 중간에 멈춰 한참을 서 있었다. 바람소리에 다른 소리들이 떠밀려가는 와중에, 상상 속에서 그애에게 건넨 말들은 내 주

변에 남아 떠나지 않고 있었다. 말없는 소년과 말없는 소녀의 대화
라. 문제가 아닌 것 같기도 하고 문제가 맞는 것 같기도 했던 그 문
제는 그곳에서 문제가 되지 못했다.

　나는 다만 그애의 목소리가 궁금했다. 들어본 적 없는 목소리가
행여나 바람에 실려올까, 나는 좀처럼 그 자리를 벗어나지 못한 채
서 있었다.

"너처럼 가위바위보 못하는 애도 없을 거야."
"글쎄, 과연 그럴까?"

귀찮은 친구

　어렸을 때 나는 코피를 자주 흘렸다. 코피를 하도 자주 흘려서 코
피가 안 나게 해주는 주사를 맞으러 병원에 갈 정도였다. 나는 주사
가 무서웠지만 엉덩이가 한 번 따끔하고 마는 것이 코피를 내내 달
고 사는 것보단 나아 보였다. 엉덩이에 꽂힐 줄 알았던 주삿바늘이
콧구멍으로 들어와서 그대로 줄행랑을 쳐버렸지만 말이다. 결국 그
날 그 주사를 안 맞아서 나는 어린 시절 내내 고개를 뒤로 젖히고
천장과 인사할 때가 많았다. 가끔은 하늘과도 인사했다.
　내가 코에 휴지를 달고 나타나면 남자애 중 한둘은 꼭 "코 팠냐?"
라고 물었다. 나는 아무것도 안 했는데 코피가 났다고 하면 왠지 나
약해 보일 것 같아서 "싸웠어"라고 너스레를 떨곤 했다. 남자애들은
내 말이 뻥인 걸 다 알았고, 나는 그놈들이 내 말을 안 믿는 걸 다
알았다. 나는 코를 파다 코피가 났어도 "싸웠어"라고 말했다. 콧구멍

안에서 안 나오고 버티는 코딱지와 싸우고, 콧구멍 밖으로 자꾸만 새어나오려는 코피와도 싸우고 있었기에 "싸웠어"라는 말이 영 틀린 표현 같지는 않았다. 코피가 멎어도 나는 내 싸움의 훈장인 휴지를 콧구멍에서 바로 뽑아내지 않았다. 콧구멍에 휴지를 끼우면 나는 늘 허리를 펴고 턱을 당긴 채 걸었다.

여자애들은 남자애들과 정확히 반대였다. 코에 달린 휴지를 보고 여자애 중 한둘은 꼭 "싸웠어?"라고 내게 물었다. 그럼 나는 또 "그렇다"라고 너스레를 떨었다. 여자애들은 이번에도 남자애들과 반대여서 누구 하나 내 말을 의심하지 않았다. 하지만 "누구랑?"을 시작으로 "왜?"라는 질문으로 이어지면 금세 난감해졌다. 나는 말을 그럴싸하게 지어내는 것과, 여자애들과 대화를 계속해서 이어가는 것 모두가 쉽지 않았다. 여자애들이 눈을 깜빡이며 대답을 기다릴 때, 나는 그저 눈만 깜빡였다. 그러는 사이 여자애들은 나에게 두었던 관심을 도로 물렸다. 나는 여자와의 대화가 어째서 어려운지 스스로에게 물었다.

나는 코피가 정말 싫었다. 코피는 예고도 없이 아무때나 불쑥불쑥 찾아오는 귀찮은 친구 같은 존재였다. 나는 제가 안 좋은데 제는 나를 좋아하는 눈치 없는 놈. 성가시고 귀찮은 그 순간이 너무 자주 찾아오는 것이 어린 나에게는 참 골칫거리였다. 나는 병원에서 콧구멍에 주사를 맞을걸 그랬나 가끔 후회하곤 했다. 콧구멍이 아니라 엉덩이였다면 눈 딱 감고 맞을 수도 있었을 텐데, 나의 나약함이 서

글펐다.

나는 코피가 싫었지만, 콧구멍에 끼운 휴지는 나에게 늘 얘깃거리를 만들어주었다. 친구들이 내 성가신 코피에 관심을 보일 때면 왠지 으쓱한 기분마저 들었다. 나는 그 관심이 성가신 적은 없었다.

언젠가 쉬는 시간에 코피를 쏟았을 때, 나와 친하던 남자애들은 어김없이 "또 코 팠냐?"라고 물었고, 나와 친하지 않던 부반장 여자애는 휴지를 갖다주었다. 나는 그 휴지를 돌돌 말아 콧구멍에 끼우며 다음 반장 선거에서는 그 여자애를 찍어야겠다고 다짐했다. 이렇게 착하고 배려심 많고 얼굴도 예쁜(구석이 있는) 아이가 부반장에 머물러서는 안 될 일이었다. 나는 그날 코피가 멎고 나서도 콧구멍에 끼운 휴지를 그대로 두었다. 그건 부반장 여자애의 호의에 대한 나의 호의였다. 아무도 눈치채지 못하는 호의에 나는 혼자서 흐뭇해했다. 한편 조금 의아하기도 했다. 나와 친하지도 않으면서 부반장 여자애는 어째서 휴지를 갖다줬을까? 부반장으로서의 책임감이었을까? 그게 아니라면 혹시… 나는 코에 끼운 휴지를 만지작거렸다. 역시나 코에 휴지를 끼우면, 없던 일이 일어났다. 그리고 어떤 일이든 일어날 것도 같았다.

나는 때때로 아무 이유 없이 코에 휴지를 끼우고 다녔다. 코피가 났든 안 났든, 코에 휴지를 끼운 나는 늘 허리를 펴고 턱을 당긴 채 걸었다.

코피가 멎어도 나는 내 싸움의 훈장인 휴지를
콧구멍에서 바로 뽑아내지 않았다.
콧구멍에 휴지를 끼우면
나는 늘 허리를 펴고 턱을 당긴 채 걸었다.

여기를 단숨에 오르게 되면, 걔한테 말을 걸어봐야지.

오동도는 누구였나

　오동도. 내가 그애에게 붙인 별명이다. 나는 오동도가 전라남도에 있는 섬 이름인 줄은 몰랐다. 나에게 오동도란 〈피구왕 통키〉에 나오는 피구부 주장의 이름일 뿐이었다. 오동도 주장은 체구가 좋고 볼이 빵빵했다. 빵빵한 볼은 늘 분홍빛을 띠었는데, 그 모습이 꼭 복숭아 두 개를 볼에 단 것처럼 보이기도 하고, 부끄럼 타는 아이처럼 보이기도 했다. 오동도 주장은 크게 모난 데도, 크게 두드러지는 데도 없는 캐릭터였다. 그는 오동도란 이름처럼 동글동글했다. 나는 그와 이미지가 겹치는 그애를 오동도라고 부르며 놀렸다.

　그애는 나의 짝꿍이었다. 나는 우리 반에서 키가 가장 컸고 그애는 우리 반 여자 중에서 키가 가장 컸다. 몸무게 사정도 키와 마찬가지여서 우리가 함께 쓰던 책상은 다른 애들의 책상보다 팔 둘 곳이 넉넉지 않았다. 우리는 여느 애들처럼 책상 가운데에 선을 그어

서로의 영역을 정해두긴 했지만, 그것을 넘고 안 넘고를 따지는 일은 없었다. 그래 봐야 서로에게 득 될 것이 없어 보였다. 우리는 서로의 지우개를 가져다 쓰거나 교과서를 같이 봐도 거리낌이 없었다. 이따금 서로 다퉈서 말을 하지 않다가도 어쩐지 그애와 나는 금세 사이가 좋아졌다. 대체로 우리는 같은 배를 노 저어 가는 좋은 관계를 유지했다. 진심으로 난 그애가 내 짝꿍이라서 든든할 때가 많았다.

나는 오동도 그애가 편해서 좋았다. 내가 그애를 처음 오동도라고 불렀을 때, 자신을 대체 왜 오동도라고 부르는지 이해가 안 된다는 표정이 나는 재밌었다. "거 있잖아, 〈피구왕 통키〉에서 주장으로 나오는 애. 좀 통통하고 볼이 빨갛고…"라는 말에 얼굴을 구기며 나를 바라보던 그애가 나는 그저 웃겼다. 나에게 그애는 만만한 여자애였다. 아니, 그저 편한 '애'였다. 그때는 '여사친'이라는 단어가 없었고, 나는 '여자 사람 친구'를 두는 일에도 재주가 없었지만, 지금 와서 생각해보니 그애는 나의 첫 여사친이었다. 나는 그후로 서로를 놀리고 다투고 토라지고 화해하는 여자 사람 친구를 사귄 적이 없으니, 그애는 나의 첫 여사친이자 마지막 여사친이라고도 할 수 있을 것이다.

앞서 말했듯 그애와 나는 잠시 서먹한 일이 있더라도 금세 예전으로 돌아가서 지우개를 같이 쓰고 교과서를 같이 보았다. 아니, 지우개를 같이 쓰고 교과서를 같이 보며 금세 예전처럼 돌아갈 수 있었다. 나는 쿨한 성격이 아니었지만 어쩐지 그애에게만은 쿨하게 굴 수 있었다. 그애와 다퉈서 서먹해지는 일은 아무 문제가 아니었다. 오로지 단 한 번, 그애와의 서먹함이 신경쓰이던 때가 있었는데, 그건 다툼 때문은 아니었다.

그날의 분단 대항 팔씨름 경기는 담임 선생님 주도로 열리게 되었다. 당시 우리 반 담임 선생님은 이십대 후반의 남자였는데, 국민학교에 다니는 6년 동안 남자 선생님을 담임으로 만난 것도, 담임 선생님이 팔씨름 경기를 연 것도 나에게는 모두 처음 있는 일이었다. 분단 대항 팔씨름 경기는 각각의 분단을 대표하는 남녀가 다른 분단의 대표들과 힘을 겨뤄 우승자를 가리는 토너먼트 방식이었다. 반에서 가장 팔심이 센 남자와 여자를 가려보자며 경기를 주관한 담임 선생님은 우리 반 아이들보다 더 신이 나 있었다. 1분단부터 4분단까지 남녀 두 명씩, 총 여덟 명의 학생이 분단을 대표하여 교실 앞으로 나왔다. 우리 분단 대표는 당연히 나와 그 여자애였다. 우리 분단 아이들은 남녀 우승자가 모두 우리 분단에서 나올 것이라고 예상하였다. 예상은 너무 쉽게 들어맞았다.

반전을 기대한 다른 분단 아이들도, 신이 나서 경기를 진행한 담임 선생님도 뻔한 결과에 미적지근한 반응을 보였다. 내 쪽에선 진지하게 임한 대결이었지만 구경하는 입장에선 다만 재미를 기대했던 모양이었다. 몇몇 여자애들은 머리카락을 배배 꼬고 있었다. 그때, 담임 선생님은 새로운 제안을 꺼냈다. "너희 둘이 한번 해볼래?"

반 여기저기서 "오오—" 하는 소리가 들려왔다. 교실 앞에 서 있던 나와 그애는 어리둥절해졌다. 머리카락을 배배 꼬던 여자애들은 "그런 거 시키지 마요"라며 볼멘소리를 내었지만, 한번 흐름을 탄 분위기를 되돌릴 순 없었다. 대결이 이뤄지는 책상을 사이에 두고 나는 그애와 마주보고 섰다. 같은 책상을 쓰고, 같은 방향만을 바라보던 우리가 서로를 마주보고 선 것은 그때가 처음이었다. 그애는 잠시 머뭇거리더니 입고 있던 소매를 끌어내려 자신의 손바닥을 덮었다. 그모습을 보고 나도 소매를 죽 끌어내렸다. 우리는 오른손을 소매로 덮은 채 서로의 손을 맞잡았다. 그 모습이 우스웠는지 몇몇 아이들은 이마를 맞대고 키득거렸다. 손을 맞잡았을 때, 그애의 얼굴은 어느새 내 코앞에 와 있었다. 그애와 얼굴을 맞대고 있자니 낯간지럽고, 어색하고, 미간이 간지럽기도 해서 나는 두 눈을 감았다. 키득대는 소리는 더 커져갔다. 그애는 생각보다 힘이 세지 않았다.

나는 마지막으로 담임 선생님과 팔씨름을 한 판 더 하고 자리로 돌아왔다. 담임 선생님과의 대결에서 나는 팔이 이리 휘고 저리 휘며 농락당했다. 그때도 키득대는 아이들은 있었지만 나는 그 웃음소리가 귀에 들어오지 않았다. 나에게 그 팔씨름은 아무 의미가 없었다.

자리로 돌아와서 나와 그애는 서로 말이 없었다. 어쨌거나 분단을 대표해 나간 자리에서 우승한 것인데, 돌아온 감정은 민망함뿐이었다. 나는 그때 짝꿍이 바뀌었으면 좋겠다는 생각을 처음 했다. 우리 반에서 가장 힘이 세고 덩치가 좋은 남녀끼리 짝꿍인 것도 민망하고, 오동도라고 놀리던 여자애와 손을 잡는 것이 부끄러워 소매를

늘인 것도 민망하고, 대결에서 눈을 감은 것도 민망하고… 모든 것이 민망해서 아무 말도 하고 싶지 않았다. 짝꿍이 바뀌었으면 하는 바람은 그 순간 진심이었다. 나는 그날 이후 한동안 그애를 오동도라 부르며 놀리지 못했다.

내가 그애에게 오동도라는 별명을 붙인 이유는 오동도 주장과 닮은 외모 때문이기도 했고, 오동도라는 어감이 주는 동글동글한 느낌이 어쩐지 어울리기 때문이기도 했다. 동글동글 모난 데 없고 두드러지는 데 없는 그애의 생김새와 마음새는 소년이 편하게 놀려먹고 장난치기에 좋았다. 하지만 그날, 그애는 오동도가 아니었다. 손을 맞잡는 순간 내 눈앞에 있던 것은 여자애였다. 눈동자가 유난히 까맣고, 살짝 곱슬거리던 머리카락에서 엷은 비누 향이 나던 여자애. 비록 옷소매 위로 맞잡은 손이었지만, 나는 얼굴이 조금 뻣뻣해지는 것을 느꼈다. 나는 그것을 들키고 싶지 않았다.

그날 그애의 볼이 오동도처럼 분홍빛을 띠었는지 나는 알지 못한다. 눈을 감은 나는 아무것도 볼 수 없었다. 다만 추측건대, 아마 그애도 나를 따라서 눈을 감지 않았을까. 내가 아는 오동도라면 아마 그랬을 것이다.

당황하면 얼굴이 분홍빛이 되던 오동도. 그 모습이 꼭 얼굴에 복숭아를 단 것 같기도 하고, 부끄럼 많은 아이의 모습 같기도 했던 오동도. 오동도를 떠올리면 나는 언제나 그날의 일이 떠오른다. 하지만 이쯤 되니 나는 정말 알 수가 없다. 그날, 진짜 오동도는 누구였을까?

그날 그애의 볼이 오동도처럼 분홍빛을 띠었는지
나는 알지 못한다.
눈을 감은 나는 아무것도 볼 수 없었다.
다만 추측건대, 아마 그애도 나를 따라서
눈을 감지 않았을까.

개는 햇빛을 보면 재채기를 해.
그런 애를 만날 확률이 얼마나 된다고 생각하니?

피… 내가 언제
서울 타령을 했다구.

?

흠… 여긴
보석바가 있네.

"걔는 평생 여기를 벗어나지 못하겠다, 그렇지?"
"아마 그렇겠지. 하지만 이곳에서 좋은 친구를 만난다면,
달팽이한테 그건 중요한 문제가 아닐 거야."

"나는 이 시간에 바라보는 태양이 참 좋더라."
"여긴 동해인데 이 시간에 어떻게 태양이 있니?"
"너는 모르는 태양이 하나 더 있거든."

오버하네

한낮의 운동장엔 아지랑이가 피어오르고 있었다. 사타구니를 겨우 가리는 러닝 팬츠를 입고, 육상부 녀석들은 앞서거니 뒤서거니 하면서 운동장을 내달리고 있었다. 운동장 바닥은 메말라서 녀석들이 발 디딜 때마다 흙먼지가 날렸다. 맨 뒤에서 달리는 녀석은 보이는 것 하나 없이 달릴 듯싶었다.

그날 우리 중학교 운동장에선 우리 학교와 인근 학교의 육상부 선수들이 한데 모여서 경기를 벌이고 있었다. 대회라기보단 합동훈련 내지는 교류전처럼 보였다. 나는 점심시간을 맞아 친구들과 함께 운동장으로 나왔다가 그 경기를 구경했다. 운동장 중앙을 육상부가 차지해버려서 공차기를 좋아하는 녀석들은 밖으로 나오지 않았다. 운동장은 여느 때보다 한가했다. 운동장에는 농구공을 든 녀석들과, 할일 없이 나와 있는 녀석들과, 육상경기를 구경하러 나온 녀석들뿐이었다. 나는 친구들과 함께 농구 골대로 향했지만, 평소와 달리 텅 비어 있는 그곳은 농구 할 수 있는 곳이 못 되었다. 농구 골대 주변으로 여자 육상부원들이 진을 치고 있었기 때문이다. 그녀들은 골대 주변 나무 그늘을 각각 점령해서 몸을 식히거나 풀면서 경기를 지켜보고 있었다. 골대가 텅 빈 이유를 나는 그제야 알았다.

그나저나 여자 육상부원이라니? 우리 학교에 여학생이 들어와 있는 모습을 본 것은 그때가 처음이었다. 교문만 나서면 마주치는 게 여학생이었지만 교문 안에서 보는 건 색다른 기분이었다. 나는 친구들과 함께 여자 육상부원들로부터 그리 멀지 않은 곳에 자리를 잡았다. 그리하여 나는 농구공을 들고나왔다가, 할일 없이 나와 있는 녀석들의 틈에 껴서, 육상경기를 구경하게 된 것이다.

나는 눈으로는 운동장을 내달리는 남자 육상부원들을 보았고, 귀로는 나무 그늘 아래 여자 육상부원들의 말소리를 들었다. 그녀들은 대개 침묵했으나 역전의 순간이나 실수의 순간에는 짧게 탄성을 지르거나 탄식했다. 나는 그럴 때마다 그쪽으로 눈을 힐끗거렸다. 탄성과 탄식은 힐끗거리기에 좋은 핑계가 되어주었다. 그녀들의 팔과 허벅지에는 두 개의 피부가 있었다. 검게 그을린 피부와 본래의 하얀 피부. 그 경계선이 하도 또렷해서 나에겐 그것이 대서양과 태평양이 만나는 지점처럼 보이기도 했다. 대서양과 태평양이 만나는 지점은 그저 신기해 보였는데 그녀들의 피부는 신기함 이상이었다. 그녀들은 바다를 이겼다.

경기는 쉬어가는 일 없이 이어지고 있었다. 남자부 200미터 경기가 끝나면 여자부 200미터, 여자부 800미터 경기가 끝나면 남자부 800미터. 남녀 육상부원은 운동장과 나무 그늘을 서로 번갈아 차지해가며 한낮의 태양과 싸우고 있었다. 하지만 그 치열한 싸움이 무색하게 구경꾼은 하나둘 자리를 떴다. 구경꾼들은 여학생의 경기에나 잠시 관심을 둘 뿐, 그 치열함에는 무심했다. 무심한 이들 중엔 나도 끼어 있었다. 3,000미터 경기가 막 시작됐을 때 나 역시 엉덩이를 털고 일어났다. 나는 3,000미터 육상경기를 끝까지 본 적이 한 번도 없었다. 마침 점심시간도 끝나가던 참이었다. 나는 마지막으로 여자 육상부원들을 힐끗 훔쳐보았다. 그때,

"쟤 뭔데?" 여자 육상부원 하나가 말했다.

나는 그 '쟤'가 나인 줄 알고 뜨끔했다. 하지만 여자 육상부원 중 내 쪽을 보고 있는 이는 없었다. 그녀들의 시선은 죄다 운동장 쪽으로 쏠려 있었다. 나는 그 시선을 따라서 운동장을 바라보았다. 운동장엔 3,000미터 경기를 뛰고 있는 선수들 외에 특이 사항은 없어 보였다. 가까스로의 특이점이라면 나와 1학년 때 같은 반이던 녀석이 저기서 꼴찌로 달리고 있다는 것 정도랄까. 반에서 키가 작은 축에 속하던 그 녀석은 운동장에서도 키가 작은 축에 속한 채 잰걸음으로 내달리고 있었다. 그나저나 나는 도대체 그 '쟤'가 누굴 말하는 건지 궁금했다. 그리고 이내, 나는 그 '쟤'가 저기서 꼴찌로 달리고 있는 내 친구임을 알게 됐다. 녀석은 꼴찌가 아니라 남들보다 한 바

퀴를 더 내달려서 꼴찌의 꽁무니를 쫓고 있던 것이었다. 녀석은 1등으로 달리면서도 흙먼지를 잔뜩 뒤집어쓰고 있었다.

경기를 구경하던 모든 이가 녀석의 페이스를 보며 술렁였다. 3,000미터 경기는 이제 막 시작했을 뿐이었다. 녀석은 다음 랩이라곤 없는 선수처럼 앞으로 치고 나가면서 이내 꼴찌마저 추월해버렸다. 그 장면을 본 남자애들은 "오, 씨팔"을 남발했다. "오, 씨팔"을 남발하던 이들 중엔 나도 끼어 있었다. 나는 저 작은 녀석이 그렇게 잘 달릴 줄은 꿈에도 몰랐다. 녀석은 자기보다 키가 한 뼘이나 큰 선수들을 모두 아래에 두고 있었다. 녀석이 코너를 돌아 우리 앞을 빠르게 지나쳐갔을 때, 친구 놈 하나가 녀석의 이름을 부르며 환호했다. 그리고 녀석이 다음 코너를 향해 저만치 멀어지자, 녀석을 바라보던 여자 육상부원 하나가 말했다.

"오버하네."

그 말을 들은 다른 여자 육상부원이 허벅지를 긁으며 웃었다. 몇몇은 윗니를 드러내고 웃었다. 오버라. 녀석의 페이스는 분명 오버스럽기는 했다. 3,000미터를 저렇게 내달리다가는 1등은커녕 완주도 힘들 듯싶었다. 나는 3,000미터를 달려본 적은 없지만 왠지 저래서는 안 될 것 같았다. 하지만 단지 그뿐이었을까. 나에겐 왠지 그 '오버'가 녀석의 페이스만을 뜻하는 것만은 아닌 듯 들렸다. 내겐 그 말이 '여자들 앞이라고 오버하네'로도 들렸던 것이다. 그것이 아니라면, 육상부원들이 키득대며 웃는 이유가 설명되지 않았다. 나는 그 웃음에 또 한번 뜨끔했다.

무뚝뚝하고 주목받는 것을 좋아하지 않던 나는 어디서든 나를 드러내는 법이 없었다. 나는 어디에 놔둬도 튀지 않는 회색 남아였다. 하지만 아주 가끔, 혹은 왕왕, 나는 이상행동들로 색을 드러내기도 했다. 나는 문 열린 엘리베이터를 굳이 놔두고 계단을 두 개씩 건너뛰어 올라가거나, 뻔히 목소리가 크게 들릴 줄 알면서 이어폰을 꽂은 채 대답할 때가 있었다. 버스에서 아무것도 잡지 않고 두 발로 버티기를 친구와 겨루기도 했고, 길에서 난데없이 친구와 일대일 농구 대결을 벌이기도 했다. 사실 나는 엘리베이터를 타면 편하고, 이어폰을 끼면 답답하고, 버스 손잡이의 그립감을 좋아하고, 농구는 운동장에서만 하는 남자애였다. 평소에는 하지 않던 나의 이상행동은 꼭 주변에 여자애들이 있는 상황에서 튀어나왔다. 그건 계획된 행동이라기보단 본능에 가까웠다. 나는 그것을 통제하기 어려웠다. 아니, 이렇게 말하면 오버인가.

나에게 그 여자 육상부원의 "오버하네"는 육상부 친구 녀석을 겨냥한 것만은 아닌 듯 들렸다. 그 말은 나와 모든 사춘기 남아들을 겨냥한 말처럼도 들렸다. 나는 기분이 조금 나빴다. 나는 운동장의 그 녀석이 1등으로 들어오기를 바랐다. 녀석의 질주가 오버도 오버페이스도 아닌, 녀석의 진짜 실력이기를 바랐다. 그래야만 내 뜨끔함이 조금 가실 것 같았다. 녀석이 1등으로 골인하면 나는 고개를 돌려 여자 육상부원들을 똑바로 바라볼 생각이었다. 그러다 그녀들과 눈이라도 마주치면 나는 허벅지를 긁고 윗니를 드러내며 웃을 작정이었다. 그녀들은 이번에는 내 이상행동의 이유를 읽어낼 수 없을 것이었다. 나는 그 여자 육상부원이 말한 '오버'에 대해서 혼자서 '오버스럽게' 생각하며 서 있었다. 그러는 동안 5교시 예비종이 울렸다.

나는 운동장의 그 녀석처럼 잰걸음으로 내달려서 교실로 들어왔다. 선생님은 아직 도착하기 전이었다. 3,000미터 경기는 여전히 진행중인 듯했지만 내 자리에선 운동장이 보이지 않았다. 나는 경기의 결말이 궁금했다. 하지만 창가로 가서 운동장을 내려다보지는 않았다. 본관으로 들어서기 전에 바라본 녀석은 페이스가 조금 떨어져 보였다.

녀석은 그날 세번째로 결승선을 통과했다고 했다. 박수 받을 결과였다. 하지만 녀석의 초반 질주를 지켜본 목격자의 한 사람으로서 왠지 아쉬운 맘이 드는 것도 사실이었다. 녀석은 분명 오버페이스로 내달린 모양이었다. 여자 육상부원의 "오버하네"는 틀린 말은 아니었다.

하지만 물음은 사라지지 않는다. 녀석은 어째서 그날 오버페이스로 내달렸을까. 그것이 녀석의 작전이었을까? 아니면 거기에는 내가 넘겨짚은 그 '오버'가 있었을까? 나는 궁금했지만, 부러 그애를 찾아가 물어보지는 않았다. 생각해보니 그것은, 그리 유의미한 질문은 아니었다.

나는 그날 앞으로 치고 나가던 녀석을 떠올려보았다. 그리고 나무 그늘의 육상부 소녀들도 떠올려보았다. 그 속에서 내가 찾을 수 있는 의미는 단 하나였다. 그날 녀석이 내달릴 때, 운동장의 모든 여자애들의 시선이 녀석에게 향해 있었다. 오버든 오버페이스든, 오버하는 소년은 그것으로 족한 것이다. 나는 그날 보았다. 앞으로 내달리며, 녀석의 머리칼은 춤을 추고 있었다.

하지만 물음은 사라지지 않는다.
녀석은 어째서 그날 오버페이스로 내달렸을까.
그것이 녀석의 작전이었을까?
아니면 거기에는 내가 넘겨짚은 그 '오버'가 있을까?

#13 그게 왜 궁금해?

옆집 할아버지도 그래.
우리는 가끔 야구를 같이 보거든.
좋아하는 팀은 다르지만⋯
친구가 되는 데에 그런 건
중요하지 않을 거야.

바다, 바람, 그리고 너.
대답 없는 것들.

"이 굴다리를 지날 때 숨을 참으면 소원이 이뤄진대."
"거짓말, 세상에 그런 게 어딨니?"
"아니야, 정말 소원이 이뤄졌어. 지금도 그런걸?"

"근데 넌 언제부터 농구를 좋아했어?
전에는 농구 하는 거 본 적 없는 거 같은데."
"글쎄 언제부터였더라…
어쩌면 나도 모르는 사이 좋아하게 됐는지도 모르겠어."

…아
망했다.

점마가 안 웃어서 그런다.
딱딱하이 굳어갖고
저게 뭐꼬.

그거랑은 상관없는 거
아이가?

멍청이는 나다.

나만의 룰

"웃으면서 말을 건네봐. 우선 그애와 친해지는 게 순서니까. 갑작스러운 고백은 드라마에서나 멋있지, 현실은 달라. 물론 원빈 같은 외모라면 예외지만."

어디에도 하소연할 곳 없던 나는 단골 책방 사장님에게 고민을 털어놓았다. 그녀와 게임이나 만화에 관한 얘기는 종종 나눴지만, 짝사랑에 관한 얘기를 나눈 것은 그때가 처음이었다. 나는 지루한 상황 설명은 대충 넘기고, 그 여자애에게 어떻게 고백하면 좋을지를 단도직입적으로 물었다. 그에 대해 책방 사장님은 저리 답한 것이다. 나는 저 말이 적분을 물었더니 더하기 빼기부터 다시 풀고 오라는 말처럼 들려서 맘이 아렸다.

그애에게 고백하기에 앞서 우선 친해져야 한다는 것쯤은 나도 알고 있었다. 친해지길 바라기에 앞서 말부터 걸어보는 것이 순서라는 것도 잘 알고 있었다. 바꿔 말해서, 나는 아직 말도 제대로 걸어보지 못한 상대에게 어떻게 고백하여 마음을 전하면 좋을지를 묻고 있던 것이다. 어쩌면 그날 책방 사장님은 나를 좀 위험한 놈으로 생각했을 수도 있겠다. 하지만 내가 단지 여자애에게 다가서는 데 무지해서, 감정을 전하는 데 서툴러서 모든 중간 과정을 건너뛰려 했던 것은 아니다. 나에게는 그럴 만한 사정이 있었다.

짝사랑의 열병을 앓던 열여덟 살의 나는 늘 답답했다. 열병은 나를 들끓게 했다. 친구들을 붙잡고 들끓는 마음을 하소연하고 싶었지만 그럴 수는 없었다. 나는 늘 속으로만 끓이고 삭이기를 반복했다. 가뜩이나 말수가 적던 나는 점점 더 말이 없어졌다.

나는 같은 미술학원에 다니던 여자애를 좋아했다. 그애도 나처럼 말이 없는데다 학원에서 마주칠 일도 흔치 않아서, 나는 도무지 그애와의 거리를 좁히지 못했다. 하지만 그런 이유로 속이 끓고 답답했던 것은 아니다. 나를 애끓게 한 건 학원에 나 말고도 그애를 좋아하는 남자애가 하나 더 있다는 사실이었다. 거기에 더해 그 남자애가 나보다 먼저 학원 친구들에게 자신의 마음을 드러냈다는 것이, 나의 속을 정말이지 미치고 팔팔 끓게 했다.

그 남자애가 학원의 다른 남자애들에게 자신의 마음을 선포함으로써 나는 그 기회를 잃었다. 타이밍을 빼앗긴 나는 그놈이 학원의 다른 남자 놈들에게 조언을 구하고, 그놈들과 같이 계획을 설계

하고, 설계한 순서에 따라 그 여자애에게 다가가는 과정을 지켜보아야만 했다. 그 과정에서 그놈이 들떠 있을 때마다 나는 아득히 가라앉았다. 언젠가 케이크 상자를 들고 그 여자애에게 다가가던 그놈을 학원 남자애들은 히죽거리면서 바라보고 있었는데, 나는 그들로부터 한 발 떨어져 애써 그쪽으로 시선을 두지 않았다. 나는 그때 누구 하나 내 편이 없는 것처럼 느껴졌다. 그놈도 그렇고, 그놈을 도와주려 안달이 난 다른 남자애들도 그렇고, 나는 학원의 모든 남자애들을 싸잡아 일기장에다 욕했다. 그 시절 나는 매일 일기를 썼다.

그 남자애가 그애를 향한 마음을 학원 남자애들 앞에서 드러냈을 때, 그는 그애에게 접근할 수 있는 독점적 자격을 학원 남자들로부터 얻은 셈이었다. 그건 우리의 암묵적인 룰이었고, 누구나 아는 그 룰을 어기는 것을 무리는 좋아하지 않았다. '나도 그애가 좋다'라는 단순 명쾌한 명분을 나는 그 완고한 룰 앞에서 내세우지 못했다. 이미 격차가 난 점수가 도무지 좁혀지지 않고 점점 벌어지기만 하는 게임 속에 나는 있었다. 하지만 이대로 포기할 수도 없는 노릇이었다. 나는 나와 그 남자애의 관계가 그다지, 썩, 엄청, 가까운 사이는 아니라는 이유를 들어 나 자신을 움직이려 했다. 나에게 필요한 건 이기적인 마음과 룰을 파괴하고 게임을 뒤집을 만한 그 무언가일 것이라고 스스로에게 말했다. 내가 중간 과정을 생략하고 그애에게 고백부터 하고 보자는 무리수를 두려 한 데는 바로 이런 배경이 있었다. 혹시라도 신이 도와서 그애가 나의 고백을 받아준다면 나는 무리와 서먹해지는 일은 생길지언정 게임에서는 승리하는 것이었다. 그리고 승자의 과오는 언젠가 잊히기 마련일 것이었다. 나는 남자 무리의 룰도 무시하고, 여자에게 다가서는 룰도 무시한 채 그저 대역전극의 시나리오만을 생각했다. 대역전과 대역적은 시나리오 속에서 같이 움직였다.

나는 결국 나를 가장 잘 이해하는 친구에게 속내를 털어놓았다. 행동에 나서기에 앞서 친구 하나쯤은 포섭해둘 필요가 있었다. 하지만 나를 가장 잘 이해한다고 믿었던 친구는 정작 이해할 수 없다는 반응이었다. "어째서?"라고 친구는 외마디로 물었다. 나는 그 '어째서'에 '어째서 지금까지 그것을 숨겼는가'와 '어째서 그런 애를 좋아하는가'의 의미가 모두 있음을 알았다. 나는 어쩐지 그 '어째서'가 좋았다. 나는 그 친구에게 속내를 털어놓길 잘했다고 생각했다.

호재도 뒤따랐다. 그 남자애와 여자애의 관계가 좀처럼 앞으로 나아가지 못했던 것이다. 의욕적으로 대시하던 그 남자애는 시간이 지날수록 점점 맥이 빠져갔다. 그는 가끔 학원 계단에서 고개를 숙이고 앉아 있었다. 그러다가 다시 힘을 내고, 다시 맥이 빠지고, 고개를 숙이기를 반복했다. 맥이 빠지는 건 남자애를 응원하던 학원의 다른 남자애들도 마찬가지였다. 그들은 점점 이 지지부진한 이야기에 흥미를 잃어갔다. 그들의 눈에 그 남자애의 연애사는 발단과 전개를 거쳤으나 절정으로 치닫지 못하고 있었다. 절정으로 치닫지 못한 이야기는 학원에서 점점 뒷전으로 밀려났다. 나는 그 여자애의 취향이 그 남자애가 아니라는 것을 자연스레 알게 되었다. 나는 아무것도 한 것 없이 기분이 절정에 달했다.

비로소 나는 행동에 나서야 할 때임을 직감했다. 남자들 무리의 룰을 누가 알려주지 않아도 알게 되는 것처럼, 나는 그것을 그냥 알았다. 나는 마음을 굳혔다. 나는 필요한 것과 불필요한 것을 나누었다. 여자에게 다가서는 룰은 지키고, 남자 무리의 룰은 무시하기로 했다. 룰을 무시한 대가 또한 무시하기로 했다. 지켜야 할 룰이 두 개에서 한 개로 줄어드니 따질 것이 별로 없었다. 나는 다만 때를 고르고 장소를 선정했다. 때와 장소는 금세 떠올랐다.

그날, 나는 교복 재킷 안주머니에 사탕 몇 개를 챙겼다. 나는 그것을 하원길의 봉고차 안에서 그애에게 줄 작정이었다. 사탕 한 개는 그애를 위한 것이고, 나머지는 봉고차에 타고 있을 몇몇 여자애들을 위한 것이었다. 다른 여자애들에게도 공평하게 사탕을 건네야만 다가선다는 그 룰이 지켜질 것 같았다. 내가 봉고차 안에서 그애에게 사탕을 건네고, 나에게 포섭된 친구가 나를 사탕을 정말 좋아하는 아이 정도로 적당히 포장해준다면, 그날의 접근에는 무리가 없어 보였다. 나는 교복 재킷 안주머니의 사탕들을 손으로 확인하며 책방 사장님의 말을 떠올렸다.

"웃으면서 말을 건네봐."

나는 그 말을 주문처럼 외었다. 봉고차의 문이 닫힐 때도, 봉고차가 학원생들을 태우고 밤길을 내달릴 때도, 학원생들이 하나둘 봉고차에서 내릴 때도, 계속해서 속으로 주문을 외며 사탕을 만지작거렸다. 차는 점점 우리집에 가까워지고 있었다. 눈 밑은 파르르 떨리고 있었다. 이윽고 나의 순서가 되었을 때, 나는 주문을 멈추고 나에게 말했다.

'대역전이든, 대역적이든.' 나는 사탕을 움켜쥐었다.

#18 소년은 웃지 않는다

> "여자에게 다가가기 위해선 '미소'가 필요하다. 이성의 주변에서만 맴도는 당신, 지금 당장 거울을 보고 웃음을 지어보라" 라는데?

> 정확히는 '잘생긴 미소'가 필요한 거겠지.

보낼까 말까?

"너 정말 안 춥니?"
"응, 난 오히려 더워."

제일 먼 곳에 있는 아이

　그날 작은방으로 들어온 햇살은 그애의 팔에 닿아 있었다. 빛은 바닥에서 벽으로 이동중이었고 그 벽에 그애는 등을 대고 앉아 있었다. 내가 그애에게 시선을 두게 된 까닭은 "뜨거워"라는 말 한마디 때문이었다. 그애는 뜨겁다고 말하면서도 햇살에 닿은 팔을 거두지 않고 있었다. 빛을 받은 그애의 팔을 바라보며 나는 잠시 눈이 부셨다. 팔은 모든 빛을 그대로 튕겨내는 것처럼 보였다. 그애가 팔을 살짝 들었다가 내렸을 때 그애의 주변에는 반짝이는 먼지들이 떠다녔다. 나는 반짝이는 먼지들과 빛을 튕겨내는 그애의 팔을 번갈아 보다 잠시 멍해졌다. 그때 내 등에는 미세한 전류가 흐르는 것 같았다.

　그날의 기억은 언제나 같은 장면만을 보여줄 뿐 더 뒤로 가거나 앞으로 나오지 않고, 더 커지거나 작아지지 않는다. 나는 그 여자애의 이름과 나이와 얼굴이 기억나지 않는다. 그날 그애가 우리집 작은방에서 나와 내 여동생과 함께 있었다는 희미한 기억만이 떠오를 뿐, 그애가 우리와 무엇을 하며 있었는지, 얼마나 오래 우리집에 머물렀는지와 같은 세부 사항들은 알 수 없다. 단체 사진 속 누군가의 뒤로 숨어버린 아이처럼, 그애의 모습은 좀처럼 드러나지 않는다. 그애는 단지 팔만 빼꼼 내밀어서 거기에 자신이 있음을 알릴 뿐이다. 빼꼼 나와 있는 팔은 내가 들여다볼 수 있는 그애의 유일한 부분이다.

나는 그때 내가 몇 살이었는지도 기억나지 않는다. 아마도 여덟 살에서 아홉 살쯤 되었을까. 어렴풋이 떠오르는 우리집의 구조로 나의 나이를 가늠해볼 뿐이다. 여덟 살에서 아홉 살, 이제 겨우 국민학생이던 나는 햇살을 받아내는 그애의 팔을 보며 어떤 기분이었을까. 어떤 기분이었기에 그 찰나의 장면을 기억 속에 선명하게 남겨두었는지 종종 궁금했다.

소녀와 관련한 나의 기억에서 그날의 장면은 언제나 가장 먼 곳에 자리잡고 있다. 가장 멀다는 것은 가장 가깝다는 의미이기도 해서 나는 기억 속 소녀들을 떠올릴 때 중간을 건너뛰고 그 장면부터 시작할 때가 많았다. 이 책 속의 그림들을 그리는 동안, 나는 내가 고교 시절 좋아했던 소녀 못지않게 그 작은방에서의 소녀를 떠올렸다. 소녀의 팔에 닿아 있던 햇살과 햇살 속에서 유영하던 먼지들… 그리고 그 장면을 바라보며 알 수 없는 기분을 느끼는 소년은 내가 이 그림들을 통해 담고자 했던 이미지이기도 했다. 담고 싶고 닮고 싶은 그 어떤 것.

그렇기에 내가 이름도 나이도 얼굴도 모르는 그 소녀는 내가 이 그림들을 그리는 데 적지 않은 영향을 준 셈이다. 이제는 나이가 마흔 정도 되어 어딘가에서 살고 있을 그 소녀는 이런 일은 꿈에도 모르겠지? 나는 이런 생각을 하면 기분이 좋아진다.

한편 나는 궁금하기도 하다. 이름도 나이도 얼굴도 모르는 소년이었을지언정, 나는 그 소녀들에게 무엇 하나 남긴 게 있을까? 이 어수룩한 질문을, 나는 그림을 그리는 동안 왕왕 했더랬다.

그애가 팔을 살짝 들었다가 내렸을 때
주변에는 반짝이는 먼지들이 떠다녔다.
나는 반짝이는 먼지들과
빛을 튕겨내는 그애의 팔을 번갈아 보다
잠시 멍해졌다.

작가의 말

　이십여 년 전, 어느 출판사에서 아르바이트를 하다 직원분께 묵직한 봉지를 건네받은 적이 있습니다. 봉지 안에는 듣도 보도 못한 영화 비디오테이프들이 한가득 들어 있었어요. 그분은 "예술을 하려면 이 정도는 봐둬야지"라고 덧붙이셨죠. 예술이 뭔지는 모르겠지만, 아무튼 죄다 어렵고 재미없는 영화 같아 비디오 갑 뒷면의 줄거리만 대충 훑고 말았습니다. 자취방엔 어차피 비디오플레이어도 없었고 말이죠. 읽는 둥 마는 둥 비디오 갑을 훑는데, 눈에 들어오는 영화가 하나 있었습니다. 프랑스 영화 〈소년, 소녀를 만나다〉였죠. 커버 분위기가 어두운 게 어째 다른 영화들처럼 재미는 없어 보였지만 제목만은 참 맘에 들었어요. 저는 그 제목을 한참이나 바라보았습니다. 그러다 문득 생각했죠. 언젠가 소년과 소녀를 주제로 뭔가를 그려봐도 좋겠다고. 그리고 이십여 년이 지나서 이 책이 나오게 되었습니다.

우연히 길에서 만화책을 주운 것을 계기로 그림을 좋아하게 되고 업으로 삼았듯 그날의 사소한 만남이 작은 바람을 일으켜 이 소년들을 그리게 한 것 같습니다. 그렇기에 사소한 만남이란 없을지도 모르겠습니다.

　그날 저에게 비디오테이프를 건네줬던 직원분께 감사합니다. 출간 과정에서 언제나 저를 이끌어준 문학동네 식구분들께 감사합니다. 좋아했던 소녀를 그리는 내게 "걔의 어떤 부분이 좋았어?"를 묻지 않은 아내에게 감사합니다. 그리고 기억 속 무수한 소년 소녀들에게 감사합니다.

　그린 건 나였고 그리게 한 건 그대들이었습니다.

소년, 소녀를 만나다
ⓒ 이영환 2023

초판 인쇄 2023년 9월 20일
초판 발행 2023년 10월 5일

지은이 이영환
책임편집 권한라 | 편집 김봉곤 이희연
디자인 이정민 | 저작권 박지영 형소진 최은진 서연주 오서영
마케팅 정민호 서지화 한민아 이민경 안남영 왕지경 황승현 김혜원 김하연
브랜딩 함유지 함근아 고보미 박민재 김희숙 정승민 배진성
제작 강신은 김동욱 이순호 | 제작처 영신사

펴낸곳 ㈜문학동네 | 펴낸이 김소영
출판등록 1993년 10월 22일 제2003-000045호
주소 10881 경기도 파주시 회동길 210
전자우편 editor@munhak.com | 대표전화 031) 955-8888 | 팩스 031) 955-8855
문의전화 031) 955-2696(마케팅) 031) 955-1905(편집)
문학동네카페 http://cafe.naver.com/mhdn
인스타그램 @munhakdongne | 트위터 @munhakdongne
북클럽문학동네 http://bookclubmunhak.com

ISBN 978-89-546-9537-4 03810

www.munhak.com